Günter Willumeit

Lachen mit Bauer Piepenbrink

Günter Willumeit

Lachen mit Bauer Piepenbrink

Verlag Michael Jung
Kiel

1. Auflage 2001

Titelfoto: Michael Jung

Gesamtherstellung:
Hans Kock Buch- und Offsetdruck GmbH, Bielefeld
ISBN 3-929596-95-4

Vorwort

Liebe Leserin !
Lieber Leser !

Sie können mir glauben, das war wieder ein hartes Stück Arbeit, die neuesten Witze aus der NDR 1 WELLE NORD- Serie „Locker vom Trecker“ für Sie zu Papier zu bringen.
Aber jetzt ist es vollbracht!
Lachen Sie mit und über Bauer Piepenbrink, denn Sie wissen ja, Lachen ist Balsam für die Seele!
Viel Spaß beim Selberlesen oder Weitererzählen wünscht Ihnen

Ihr sehr ergebener
Hannes Piepenbrink
alias

Der erste Kuckuck

Zwei ältere Damen, beide schon etwas schwerhörig, machen einen Sonntagsspaziergang. Der Waldweg, den sie sich für ihre Wanderung ausgesucht haben, verläuft einige hundert Meter parallel zu den Eisenbahngleisen. Plötzlich saust der Eilzug Neumünster-Flensburg an ihnen vorbei und stößt ein lang anhaltendes Pfeifsignal aus.
„Ist das nicht schön, Käthe“, sagt die eine der beiden Damen, „das war der erste Kuckuck, den ich in diesem Jahr gehört habe !“

Berufswünsche

Der Tag war lang auf See und der Fang von Heini und Krischan war wieder nicht doll. Nun sitzen sie am Hafen, Heini auf'm Poller, Krischan auf 'ner ollen Fischkiste.
„Weetst du wat“, sagt Heini, „de Fischerei is 'ne bannige Quälerei. Wat wär dat schön, wenn ick Beamter wär. Immer schön im Drögen sitten un fröh Fierobend moken. Un dorto noch 'ne schöne Pension.“
„Nee“, meint Krischan, „Beamter, das wär mir zu langweilig. Da erlebst du nischt. Nee, Doktor möchte ich gern sein, so im weißen Kittel. Das wär was !“

„Dokter", überlegt Heini, „also, ick weet nich. Stell di mol vör, dor muttst du immer nachts ut'n Bett, wenn een krank wurrn is. Nee, dat wär nix för mi."
„Nu, überleg doch mal", sagt Krischan, „du kannst von jeder Frau verlangen, dass sie sich auszieht. Und dafür kriegst du von der Kasse auch noch Geld !"

Der erste Schultag

Einschulung in Schleswig-Holstein. Das ist natürlich ein aufregender Tag. Nicht nur für die Kinder, für die nun der Ernst des Lebens beginnt, sondern auch für Eltern, die sich Gedanken machen, wie ihr Sprößling denn so in der Schule zurechtkommt. Aber natürlich auch für die Lehrer, die immer ganz gespannt sind, was für Banausen da in ihre Klasse kommen.
Neulich am Stammtisch erzählt uns der Dorflehrer folgendes: Zwei Tage vor der Einschulung schreiben mir die Eltern von dem kleinen Johann: Lieber Herr Lehrer, tun Sie uns bitte einen großen Gefallen, und schlagen Sie unseren Johann nicht. Er ist ein sehr sensibles Kind. Also bitte, ihn nicht schlagen. Wir tun es auch nicht … außer in Notwehr ! !

Guter Nachbar

Es gibt ja Nachbarn, die können einem richtig auf den Wecker gehen, auch wenn sie es gar nicht übel meinen. Mein Freund Steffen hat so einen. Ständig muss der sich einmischen. Neulich kommt er mal wieder zu Steffen.
„Also“, sagt der Nachbar zu meinem Freund Steffen, „wenn Sie abends mal wieder Ihre Frau vernaschen, dann ziehen Sie gefälligst die Vorhänge zu. Gestern Abend zum Beispiel konnten wieder alle Nachbarn zugucken.“
„Nee, mein Lieber“, lacht Steffen, „reingefallen. Gestern Abend war ich gar nicht zu Hause, sondern in der Kneipe zum Skatspielen !“

Eitle Kühe

In Leck ist mal wieder Viehmarkt. Da ist ja immer ordentlich was los. Aus dem ganzen Norden kommen da die Bauern und die Viehhändler zusammen.
„Gut, dass ich Sie hier treffe“, sagt der Viehhändler zu einem Landwirt ganz aufgebracht, „die Kuh, die Sie mir letzte Woche verkauft haben, die hatte ein angeklebtes Horn !“
„Da kannst mal sehen“, grinst der Bauer, „wie eitel so alte Kühe noch sind.“

Der Rechenkünstler

Petrus sitzt an der Himmelstür, es klopft und wer bittet um Einlass ? Der Zimmermeister Nicolai. Petrus guckt sich das Formular an: „Hier steht, dass du 66 Jahre alt geworden bist.“
„Stimmt“, sagt Nicolai ehrerbietig.
Petrus holt sein großes Hauptbuch hervor, blättert darin, schüttelt mit dem Kopf und sagt: „Zimmermann Nicolai, da kann irgendetwas nicht stimmen. Wenn ich all die Arbeitsstunden zusammenzähle, die du deinen Kunden in Rechnung gestellt hast, dann musst du mindestens 185 Jahre alt sein !“

Wann beginnt das Leben ?

Wie haben sich die Menschen schon gestritten über die Frage, was denn wohl zuerst da war, das Huhn oder das Ei ?
Das erinnert an die Geschichte, wo sich ein katholischer Priester, ein evangelischer Pastor und ein Rabbi darüber streiten, wann denn das Leben beginnt.
„Ganz klar“, sagt der katholische Priester, „das Leben beginnt bei der Zeugung.“
„Nein“, meint der evangelische Pastor, „ich bin der Meinung, dass das Leben bei der Geburt beginnt.“

„Alles völlig falsch“, sagt der Rabbi, „ich sage euch, wann das Leben beginnt. Dann, wenn der Haushund tot ist und die Kinder aus dem Haus sind!“

Der Logiker

Steffen sitzt wieder mal ganz gemütlich in seiner Stammkneipe, hat ein Bierchen vor sich und liest die Dorfzeitung.
Es kommt ein neuer Gast, stellt sich an den Tresen, bestellt ein Bier und kommt mit dem Wirt ins Gespräch.
Der Wirt fragt den Gast: „Ich habe Sie noch nie hier gesehen, was machen Sie eigentlich beruflich?“
Der Gast antwortet: „Ich bin Logiker.“
„Logiker“, fragt der Wirt, „was ist das denn?“
„Ich erkläre es Ihnen gerne“, sagt der Gast, „Sie haben hier ein wunderschönes Aquarium ...“
„Richtig“, sagt der Wirt.
„Dann sind Sie bestimmt tierlieb?“, fragt der Gast.
„Richtig“, antwortet der Wirt.
Darauf sagt der Gast: „Dann haben Sie zu Hause bestimmt auch einen Hund?“
„Richtig“, sagt der Wirt.
„Und“, fragt der Gast, „wer Tiere gern hat, der mag auch gerne Kinder?“

„Richtig“, sagt der Wirt.
Da fragt der Gast: „Dann sind Sie bestimmt verheiratet und haben selbst Kinder ?“
„Stimmt“, sagt der Wirt.
„Also“, sagt der Logiker, „dann sind Sie auch nicht schwul !“
„Nee, bestimmt nicht“, antwortet der Wirt.
„Sehen Sie“, sagt der Gast, „das versteht man unter Logik.“
Als der neue Gast gegangen ist, fragt nun Steffen den Wirt: „Sag mal, wer war denn das ?“
Darauf antwortet der Wirt: „Ein Logiker, der ist neu hier im Ort.“
„Logiker“, fragt Steffen, „was ist denn das ?“
„Kann ich dir erklären“, sagt der Wirt. „Steffen, hast du zu Hause ein Aquarium ?“
„Nee“, sagt Steffen.
Da sagt der Wirt: „Na, ist doch logisch, dann bist du schwul !“

Die Bewerbung

Der älteste Sohn von unseren Küselmanns hat nun endlich seine Lehre als Buchhalter abgeschlossen und sucht einen neuen Job. Er bewirbt sich bei der örtlichen Sparkasse. Die sucht nämlich dringend einen Buchhalter. Der junge Küselmann schlägt sich bei dem Bewerbungsgespräch

ganz wacker, macht einen aufgeweckten Eindruck, so dass man ganz beeindruckt ist.
Zum Schluss fragt ihn der Sparkassendirektor noch: „Sagen Sie mal, wieviel ist 3 mal 7 ?“
Küselmann junior überlegt kurz und antwortet: „22, Herr Direktor !“
Zu Hause kommen ihm Zweifel, er greift sich seinen Taschenrechner und überprüft seine Rechnung. „Na“, sagt der junge Küselmann, „das war ja wohl nichts.“
Aber siehe da, einige Tage später ruft ihn der Sparkassendirektor an und bietet ihm den Job als Buchhalter an.
„Aber, Herr Direktor“, sagt Küselmann junior, „Sie wollen mich haben, obwohl ich mich so verrechnet habe, warum ?“
„Tscha“, meint der Direktor, „Sie waren dichter dran als alle anderen Bewerber !“

Pastorentreffen

Jedes Dorf darf sich glücklich schätzen, wenn es noch einen eigenen Pastor hat. Aber da gibt es ja auch sonne und solche. Neulich trafen sich bei uns im Ort sämtliche Pastoren aus dem Kreis Segeberg. Einige kamen mit der Bahn, andere mit bescheidenen Autos oder sogar mit dem Fahrrad.

Nur einer, der erschien mit einem dicken Mercedes.
„Junge, Junge“, staunten die anderen Pastoren, „Herr Kollege, sollten wir nicht ein Beispiel für andere sein und uns in Bescheidenheit üben ?“
„Ja, natürlich“, sagte der Pastor, „aber ich habe mit unserem Herrgott folgende Regelung getroffen: Jeden Sonntag nach der Predigt nehme ich die gesamte Kollekte in beide Hände und werfe sie einmal durch den Mittelgang der Kirche. Alle Münzen, die links liegenbleiben, bekommt die Kirche. Alle Münzen, die auf der rechten Seite landen, gehören mir.“
Einige Monate später trafen sich die Pastoren wieder und es kam doch tatsächlich einer mit ’nem nagelneuen Porsche. Wieder staunten die Pastoren nicht schlecht.
„Na, Herr Kollege, ’ne neue Geldquelle entdeckt ?“
„Ja“, sagte der, „ich habe die Methode mit der Kollekte noch etwas verfeinert. Ich nehme sonntags die Kollekte, werfe sie in der Kirche so hoch ich kann. Alles, was wieder runterkommt, gehört mir, was oben bleibt, kriegt der Herrgott !“

Nachwuchs

In einem kleinen Dorf geht ein junger Vater seine neugeborenen Zwillinge anmelden. Er hatte bereits vor einem Jahr Drillinge angemeldet.
Der Beamte fragt ihn: „Fritz, erst Drillinge und jetzt Zwillinge, was sagst du denn nun dazu ?"
„Na, Gott sei Dank, es wird schon weniger !"

Besuch

Steffen will mit seiner 5-köpfigen Familie Meyers besuchen. Steffen klopft einmal, zweimal, dreimal an Meyers Tür, niemand öffnet.
Steffen sagt dann ganz laut: „Ich weiß man, dass ihr zu Hause seid, euer Auto steht ja vor der Tür !"
Da ruft eine Stimme von drinnen: „Wir können ja spazierengegangen sein !"

Landarzt Küselmann

Landarzt Küselmann ist ein vielbeschäftigter und äußerst vielseitiger Mann. Zur Not behandelt er auch Tiere. Letzte Nacht um zwei musste Piepenbrink seine Hilfe in Anspruch nehmen. Doktor Küselmann gilt als etwas wortkarg.

Piepenbrink wählt seine Telefonnummer.
Doktor Küselmann meldet sich am anderen Ende, wie immer etwas schroff: „Mensch oder Tier ?“
Piepenbrink antwortet: „Ja, Herr Doktor, wenn man so will, beides !“
„Das verstehe ich nicht“, antwortet Doktor Küselmann.
„Das ist so“, erklärt ihm Piepenbrink, „unsere Dogge kriegt die Zähne nicht mehr auseinander und dazwischen befindet sich ein Einbrecher !“

Auf dem Tandem

Sommerzeit – Radlerzeit.
Ein Tandem fährt durch die Natur. Die Frau vorne, er hinten. Beide radeln und strampeln so vor sich hin. Zwei Hunde stehen am Straßenrand. Sagt der eine: „Nun guck dir das mal an, wenn wir so daherkämen, hätte man uns schon einen Eimer Wasser über das Fell geschüttet.“

Was man für ’nen Fünfer kriegen kann

Ein Mann bringt seine Gattin zum Friseur nach Kiel. Dort gibt es sehr gute Coiffeure. Er nutzt die Zeit zu einem Spaziergang und geht an den Kieler Hafen. Da kommt er vorbei an den

Hafenkneipen, Imbissbuden und an den Häusern, wo eitel Freude herrscht.
Im Eingang eines solchen Freudentempels steht eine aufreizend hübsche Dame. Sie trägt einen, Rock kann man nicht sagen, also eher breiteren Gürtel. Kurz und gut, sie lässt tief blicken. Wie zu erwarten, stellt sie säuselnd die Frage: „Na, Süßer, wie wär's mit uns beiden ? Wiss ma ?"
„Nee", sagt er, „ich komm aus Rostock."
Sie sagt: „100 Mark !"
„Nee", sagt er, „das ist ein bisschen viel !"
„Na gut", sagt die Dame, „fünfzig Mark."
„Nee", sagt er, „wenn dann höchstens fünf Mark, mehr nicht !"
Da antwortet sie: „Du, bei dir ist doch irgendwas nicht in Ordnung, für fünf Mark überhaupt nicht."
Die beiden werden sich also nicht einig.
Der Herr holt seine Frau vom Friseur ab und macht mit ihr noch einen kleinen Spaziergang. Er geht mir ihr den gleichen Weg, den er vorher schon gegangen war, also Richtung Hafen. Eine frische Brise kommt vom Meer. Es ist einfach herrlich. Da treffen sie dann die Dame, mit der er vorhin verhandelt hat.
Die Dame guckt jetzt auf ihn und dann auf seine Gattin und sagt: „Da siehste mal selbst, was du für 'nen Fünfer so kriegst !"

Rüde ans Telefon

Ob Tierarzt oder Arzt, sie sind alle Tag und Nacht im Dienst.

Bei unserem Tierarzt geht das Telefon. Eine aufgeregte Frauenstimme sagt: „Herr Doktor, unser Rüde kommt von der Hündin nicht runter. Was soll ich tun ?"

Der Doktor antwortet: „Gehen Sie mal mit dem Stock dazwischen. Versuchen Sie mal, die Tiere damit zu trennen."

Es vergeht eine Viertelstunde, da geht bei dem Tierarzt wieder das Telefon.

Die Frau sagt: „Herr Doktor, ich habe es versucht, aber das geht nicht. Was kann ich noch machen ?"

Der Doktor antwortet: „Dann nehmen Sie am besten einen Eimer Wasser und schütten den über die beiden Tiere."

Nach einer Viertelstunde geht wieder das Telefon. Die Frau ist ganz verzweifelt: Es ging wieder nicht. „Gibt es denn was Besseres ?"

„Doch", antwortet der Arzt, „folgendes, sagen Sie Ihrem Rüden, er werde am Telefon verlangt."

Die Frau fragt ganz erstaunt: „Meinen Sie, dass das wirkt ?"

„Ja", antwortet der Doktor, „bei mir hat das in der letzten Stunde auch dreimal gewirkt !"

Tauchrekord

Die Deutschen können mal wieder sehr, sehr stolz sein. Ein deutscher Sporttaucher wird in das Guiness-Buch der Rekorde kommen. Er hat mit hundertvier Metern einen neuen Rekord im Tauchen ohne Atemgerät aufgestellt! Sagenhaft! Und nun das Erstaunliche, er ist immer noch unten!

Tiere beim Umzug

Mein Nachbar Hermann Reisacker geht in eine Tierhandlung und fragt höflich: „Entschuldigen Sie bitte, haben Sie Ratten, Mäuse, Spinnen, Kakerlaken, Kellerasseln ?"
Der Verkäufer fragt erstaunt: „Wie bitte ?"
Hermann Reisacker wiederholt seine Frage: „Ob Sie Ratten, Mäuse, Spinnen, Kakerlaken und Kellerasseln haben ?"
Da antwortet der Verkäufer: „Das tut mir leid, guter Mann, ich habe ja schon viel erlebt, aber nein, diese Tiere haben wir nicht. Aber sagen Sie bitte, ich will mich ja nicht aufdrängen, aber wozu brauchen Sie denn das Viehzeug ?"
„Ja", antwortet Hermann Reisacker, „das verhält sich so, ich ziehe nächste Woche um und laut Mietvertrag muss ich das Haus im gleichen Zustand hinterlassen, wie ich es übernommen habe !"

Die Heiligen Drei Könige

Steffen und Piepenbrink saßen wieder einmal mit Freunden beim Stammtisch zusammen.
Steffen sagte: „Hört mal zu, Freunde, wisst ihr eigentlich, wer die ersten Gewerkschaftsfunktionäre waren ?“
Als keiner antwortete, sagte Steffen: „Seht ihr, das habe ich mir gedacht. Das ist doch glasklar. Es sind die Heiligen Drei Könige.“
Da fragte Piepenbrink: „Wieso die Heiligen Drei Könige ?“
Da antwortete Steffen: „Sie legten die Arbeit nieder, zogen feine Kleider an und machten eine Dienstreise !“

Berliner beim Schäfer

Der Schäfer in Piepenbrinks Dorf ist ein begehrtes Objekt bei allen Feriengästen. Es werden Fotos gemacht und auch Fragen aller Art sind an der Tagesordnung. Und der Schäfer Waldemar lässt alles mit stoischer Ruhe über sich ergehen. Er ist ein Gemütsmensch wie aus dem Bilderbuch.
Letztens kam ein neugieriger Berliner Feriengast. „Sagen Sie mal, Herr Schäfer, wie viele Schäfchen haben Sie denn so ?“

Der Schäfer fragte: „Wie bitte ?“
Der Berliner wiederholte seine Frage: „Wie viele Schäfchen haben Sie denn so ?“
„Ach“, sagte Waldemar, „keine Ahnung, ich schlafe beim Zählen immer ein !“

Das sprechende Pferd

Vor dem alten Heuwagen von unserem Bauern Hauschildt steht ein ganz alter Gaul. Es steht da ein bisschen müde herum und seufzt hörbar vor sich hin: „Das waren noch Zeiten, als ich beim Derby Sieger geworden bin !“
Da geht ein Urlauber auf Bauer Hauschildt zu und sagt: „Ihr Pferd hat eben gesprochen ! Ich habe alles gehört.“
„Ach, nee“, antwortet Bauer Hauschildt, „die Nummer kenne ich, sicher hat der Gaul wieder mit seinem Derby-Sieg rumgeprahlt und dabei ist er damals nur Zweiter geworden !“

Bauer im Taxi

Ein etwas älterer Landwirt kommt in die Großstadt. Er nimmt sich ein Taxi, das mit allen technischen Extras ausgestattet ist. Interessiert fragt

er den Fahrer ein bisschen aus und kommt auch auf den Stern vorne zu sprechen.
„Ja“, sagt der Fahrer, „das ist mein Fadenkreuz, mit dem ziele ich so auf Fußgänger und dann kann ich sie schön umnieten.“
Kurz darauf überquert ein älterer Herr die Straße. Der Fahrer kann gerade noch ausweichen, da ertönt ein dumpfer Schlag.
Darauf sagt dann der alte Landwirt: „Wenn ich jetzt nicht die Tür aufgerissen hätte, hätten wir den nicht mehr erwischt !“

Übertriebene Tierliebe

Man kann Tierliebe auch übertreiben.
Steffens Nachbar sagt neulich zu ihm: „Du, meine Frau, die spinnt.“
Steffen fragt: „Wieso denn ?“
„Ja“, sagt sein Nachbar, „stell dir mal vor, die hält sich 60 Katzen in unserer Wohnung. Der Gestank ist unerträglich, weil alle Fenster geschlossen sind.“
Darauf entgegnet Steffen: „Na, dann lüfte doch mal.“
Da sagt sein Nachbar: „Bist du verrückt, Fenster öffnen, damit mir meine 200 Tauben wegfliegen !“

Jesus war krank ?

Es ist doch immer wieder schön, wenn der Pastor auch mal wieder in die Schule kommt. Denn Wissen ist Macht.
Der Pastor fragt den kleinen Klaus-Peter: „Weißt du eigentlich, wann Jesus gestorben ist ?“
Da mischt sich die Mutter des kleinen Jungen ein: „Also, das kann er gar nicht wissen, wir haben kein Fernseher, kein Radio, keine Zeitung. Wir wussten ja nicht mal, dass Jesus krank war.“

Hering zu Pellkartoffeln

In der Schule fragt der Lehrer: „Na, Kläuschen, wozu gehört denn der Wal ?“
„Zu den Säugetieren“, antwortet Kläuschen.
„Ja, sehr gut“, sagt der Lehrer, „und der Hering ?“
Da antwortet Kläuschen: „Zu Pellkartoffeln !“

Unfall in Berlin

In Berlin hat Herr Müller mit seinem Wagen einen anderen gerammt. Der Fahrer des Wagens, den er angefahren hat, steigt wutschnaubend aus

seinem Auto aus und fragt: „Haben Sie überhaupt eine Fahrprüfung gemacht ?“
Darauf antwortet Herr Müller: „Und ob, bestimmt öfter als Sie !“

Klappernde Zähne

Wenn Kinder spielen, sind sie auch gesund.
„Gerda“, ruft Frau Meier ihr Kindermädchen, „was ist das für ein Geräusch im Badezimmer ?“
„Gnädige Frau, das ist das Baby, das klappert mit den Zähnen“, antwortet das Kindermädchen.
„Unsinn, das Kind hat doch gar keine Zähne“, sagt Frau Meier.
Da antwortet das Kindermädchen: „Es klappert mit Ihren, gnädige Frau !“

Moderner Strafvollzug

Zu dem Programm unseres Innenministers gehört auch, dass man Besichtigungen und Besuche von Strafanstalten macht. Politiker können ja auch manchmal blitzgescheite Fragen stellen.
Und so fragte unser Innenminister den Anstaltsdirektor: „Sagen Sie, Herr Müller, dürfen die Gefangenen am Abend hier auch Fernsehen ?“

„Dürfen, die müssen sogar Fernsehen“, antwortete der Anstaltsdirektor, „das ist doch heutzutage ein ganz wichtiger Teil des modernen Strafvollzugs !“

Tannhäuser

Gestern traf Piepenbrink Steffen in der Stadt. Er erzählte ihm: „Wir haben uns gestern Tannhäuser angesehen.“
Da antwortete Steffen: „Toll, ich wusste gar nicht, dass ihr bauen wollt !“

Fliegende Tassen

Die Gerüchteküche im Dorf brodelt mal wieder. Der Haussegen bei von Schlatens hängt äußerst schief. Scheidung nicht ausgeschlossen. Da sieht man das mal wieder. Manche Frauen geben mehr Geld aus, als der Mann verdient, damit die Leute glauben, dass er mehr verdient, als die Frau ausgibt.
Eduard von Schlaten ist einer der besten Freunde von Piepenbrink. Und nun will Piepenbrink es endlich wissen: „Edu, sag mal, was hat deine Frau eigentlich gegen dich in der Hand ?“
„Ja“, antwortet von Schlaten, „in letzter Zeit Teller, Tassen, Besen und Schrubber !“

Auf der Schreibmaschine

Die neue Sekretärin stellt sich beim Generaldirektor vor.
Der tut seine Vorstellungen militärisch knapp kund: „Also, Frau Schmitz, Sie müssen Englisch, Deutsch, Französisch können. Kein fester Arbeitsplan, keine festen Arbeitszeiten, wenig Urlaub, kein 13. Monatsgehalt. Übrigens, wie sind Sie auf der Schreibmaschine ?“
Da antwortet Frau Schmitz: „Ja, also Herr Direktor, wenn ich ehrlich bin, ich weiß es selbst nicht. Auf der Schreibmaschine habe ich es noch nie gemacht !“

Vier Wochen ohne

An einem herrlichen Sommertag fährt ein junger Vater mit seiner fünfjährigen Tochter auf Fahrrädern in den Wald. Sie erfreuen sich an der schönen Natur, pflücken Blumen auf einer Wiese und spielen an einem Bach.
Da passiert es, dass die kleine Tochter im Gras auf eine Biene tritt, die dann auch tot liegen bleibt. Das Kind ist natürlich erschrocken.
Ihr Vater wirkt pädagogisch auf sie ein: „Mein Kind, auch so eine kleine Biene ist ein nützliches Lebewesen, die darf man nicht so einfach töten.

Wo willst du sonst deinen Honig herbekommen? Zur Strafe gibt es für dich vier Wochen lang keinen Honig auf dein Frühstücksbrot."
Auf der Rückfahrt nach Hause passiert es dem Vater, dass er einen kleinen Vogel überfährt, der offenbar aus dem Nest gefallen war.
„Du, Papa", sagt die Tochter, „soll ich oder willst du es Mutti mit den vier Wochen schonend beibringen?"

Frau Doktor soll helfen

Kommt ein Mann zu seinem Arzt und sagt: „Mit meinen Rückenschmerzen wird es immer schlimmer. Ich habe so ein Ziehen im Rücken, das ist kaum noch auszuhalten."
„Ja", sagt der Doktor, „da kann man eigentlich nicht viel machen. Ich habe dasselbe Leiden schon seit Jahren und all die Pillen und Tropfen haben nicht viel geholfen. Also, warm halten ist immer noch das Beste. Wenn ich es gar nicht mehr aushalten kann, sage ich Ihnen jetzt so unter vier Augen, dann krabbel ich zu meiner Frau ins Bett. Diese Wärme ist das Einzige, was mir tatsächlich hilft."
Der Patient überlegt einen Augenblick und sagt: „Das kann ich verstehen und wann würde es der Frau Doktor denn am besten passen?"

Steuerberater

Karl und Ernst, zwei gute alte Freunde, treffen sich.
Karl fragt: „Du, Ernst, kannst du mir einen guten Steuerberater empfehlen ?“
„Tja“, sagt Ernst, „wenn ich ehrlich bin, ich kann dir meinen Steuerberater wärmstens empfehlen. Stell dir mal vor, dem ist es doch tatsächlich gelungen, die Schönheitsoperation meiner Frau in der Steuererklärung als Altbausanierung geltend zu machen !“

Papst in New York

Der Papst ist wieder mal auf Reisen. Diesmal besucht er New York. Der Heilige Vater hetzt von einem Termin zum anderen, ist ständig unter Zeitdruck. Er sitzt in einer großen gesicherten Limousine und es geht dem Papst nicht schnell genug voran. Er wird nervös und sagt seinem Fahrer richtig deutlich: „Anhalten, ich fahre selbst !“
Die beiden wechseln die Plätze und der Papst gibt Gas, volle Kanne. Kurz vor dem Gebäude der Vereinten Nationen gerät das Fahrzeug in eine Geschwindigkeitskontrolle und wird von der Polizei gestoppt.

Der Polizist schaut in die Limousine hinein, geht sofort an sein Funkgerät und ruft die Zentrale an: „Chef, wir haben hier ein Problem. Wir haben eine Limousine gestoppt, mit einer ganz bekannten Persönlichkeit. Was sollen wir tun ?“
Da fragt der Chef: „Um wen handelt es sich denn ? Etwa um den Präsidenten ?“
„Nein, Chef“, antwortet der Polizist, „es muss etwas viel Wichtigeres sein. Ich weiß nur, dass er vom Papst gefahren wird !“

Mit Opa im Zirkus

Es ist doch schön, wenn Opa mit seinem Enkel was unternimmt.
Der kleine Enkel kommt ganz aufgeregt zu seinem Opa: „Opa, Opa, gehst du mit mir in den Zirkus ? Es kommt ein Zirkus hier in die Stadt und da gibt es Löwen und Tiger und Bären und Clowns.“
„Nee“, sagt Opa, „du, da habe ich keine Zeit und keine Lust, so einen Blödsinn muss ich mir nicht angucken.“
„Ach“, sagt der Enkel, „Opa, ich habe im Prospekt gesehen, da reitet sogar eine splitternackte Frau auf einem Schimmel.“
„Ja“, sagt Opa, „vielleicht sollten wir doch mal hingehen, ich habe verdammt lange keinen Schimmel mehr gesehen !“

Kinderloses Paar

Auch bei Piepenbrink im Dorf gibt es ein kinderloses Paar. Und was wünscht sich ein kinderloses Paar sehnlicher als Kinder?
Dieses Paar hat alles versucht, aber es hat nichts geklappt. Die beiden gehen zum Dorfpfarrer und klagen ihm ihr Leid.
Da sagt der Pfarrer: „Gut, dass ihr kommt, ich fahre in den nächsten Tagen nach Rom und werde dort für euch beten und im Petersdom eine Kerze für euch anzünden."
Es vergehen Jahre und der Pastor trifft den Ehemann auf der Straße, im Schlepptau sage und schreibe sechs Kinder.
„Siehst du, mein Sohn", sagt der Pfarrer, „man muss nur Gottvertrauen haben. Wo ist denn eigentlich deine Frau?"
Da antwortet der Ehemann: „Die ist in Rom und bläst die Kerze wieder aus!"

Terpentin

Vor der Sparkasse in Heide treffen sich Bauer Lembke aus Hennstedt und sein Kollege Bruns aus dem benachbarten Hollingstedt.
„Wat is passeert, du maakst so'n Muul?", fragt Bauer Lembke.

„Ach“, sagt Bruns, „mien beste Melkkauh is krank.“
„Nee“, fragt Bauer Lembke, „wat hett se denn ?“
„Koliken“, sagt Bauer Harms.
„Ja“, sagt Bauer Lembke, „dat hett mien Kauh ok mal hatt.“
„Ja, un wat hest ehr geben ?“, fragt Bauer Bruns.
„Terpentin !“, antwortet Bauer Lembke, „nich so wenig un nich so kalt.“
Die beiden verabschieden sich. Ein halbes Jahr später treffen sich die beiden wieder, diesmal vor dem Kreisamt.
„Dat will ick di seggen, Bruns“, schimpft Lembke, „mien Kauh is dootbleben na dat Terpentin.“
„Ja“, sagt daraufhin Bauer Bruns, „dat wunnert mi nich, mien Kauh dormals ok !“

Dr. Schlüter und der Geist

Doktor Schlüter geht an einem kalifornischen Strand spazieren und stolpert über eine alte Lampe. Er hebt sie auf, reibt an ihr und schon kommt ein Geist heraus, der sagt: „Okay, okay, du hast mich aus der Lampe befreit. Das ist nun schon das vierte Mal in diesem Monat, mir wird diese ewige Wünscherei langsam zu viel. Also vergiss das mit den drei Wünschen, du hast nur einen Wunsch frei.“

Doktor Schlüter denkt eine Weile nach und dann sagt er: „Ich wollte immer schon mal nach Hawaii, aber ich habe Angst zu fliegen und ich werde schnell seekrank. Könntest du mir eine Brücke bauen, nach Hawaii ?“
Der Geist lacht und spricht: „Das ist leider völlig unmöglich, wie könnten die Säulen bis auf den Boden des Pazifiks gebaut werden, denke an die gigantischen Mengen Stahl und Beton. Nein, nein, denk dir lieber etwas anderes aus.“
Doktor Schlüter setzt sich hin, sagt: „Okay“, und versucht, sich einen guten Wunsch auszudenken. „Ich hab’s. Ich habe nie die Frauen verstanden, nie gewusst, wie sie in ihrem Inneren fühlen und was sie denken, wenn sie schweigen. Ich habe nie gewusst, was sie wollen, wenn sie ‚Ach nichts‘ sagen. Ich habe nie gewusst, wie ich sie wirklich glücklich machen kann. Mein größter Wunsch ist es also, die Frauen verstehen zu können.“
Der Geist schaut Doktor Schlüter etwa eine Minute nachdenklich an und dann erwidert er: „Möchtest du die Brücke nach Hawaii zwei- oder vierspurig ?“

60. Geburtstag

Poldi Stechapfel feiert seinen 60. Geburtstag in einer Kneipe. Er trinkt einen roten Kremser und feiert allein. Zwei Gläser Wein hat er schon intus. Er sieht auf seine beiden Hände und sagt: „Liebe Hände, ihr habt 60 Jahre für mich angepackt, ihr habt geschafft, ich danke euch sehr."

Dann schaut er auf seine Füße und sagt: „Liebe Füße, 60 Jahre sind wir durch dick und dünn gegangen, ich danke euch sehr."

Dann zeigt er auf seine Leistengegend, auf sein edelstes Teil, und sagt: „Und du, wenn du nicht gestorben wärst, hättest du heute mitfeiern können !"

Weinvertreter

Der Beruf des Vertreters ist einer der härtesten. Egal in welcher Branche.

In Piepenbrinks Stammkneipe kam eines Tages auch ein Vertreter, der vertrat eine große Weinfirma. Der ging auf den Wirt zu und sagte: „Ich habe Ihnen einen Weißwein anzubieten, so etwas haben Sie noch nicht getrunken."

Da sagte der Wirt: „Wissen Sie was, ich habe Weißwein vom besten Anbaugebiet an der Aar, den besten Wein aus dem Badischen. Ich habe

Wein von der Mosel, aus der Pfalz, ich brauche keinen Weißwein."
„Ja", sagte der Vertreter „ich glaube aber, wenn Sie meinen Wein trinken würden, dann lassen Sie die anderen Weine stehen. Ich kann Ihnen auch ein tolles Angebot machen."
Da antwortete der Wirt: „Passen Sie auf, ich habe den Keller so voll, ich werde von meiner Verwandtschaft beliefert, dass ich Ihren Wein wirklich nicht brauche."
Der Vertreter ließ nicht locker und sagte zu dem Wirt: „Aber mein Weißwein ist ein wirklich sehr, sehr guter und ich kann Ihnen preislich wirklich sehr entgegenkommen."
„Mensch", sagte der Wirt, „jetzt habe ich die Schnauze aber gestrichen voll, wenn Sie noch einmal mit Ihrem dämlichen Weißwein anfangen, dann haue ich Ihnen auf die Glocke."
Der Vertreter antwortete: „Aber wissen Sie, mein Weißw . . ."
Da platzte dem Wirt der Kragen, und er ging dem Vertreter an die Wäsche, haute ihm links und rechts ein paar an die Ohren, zwei blaue Augen und schmiss ihn aus der Tür.
Nach einer Viertelstunde kam der Vertreter auf allen Vieren wieder in die Kneipe und fragte: „Herr Wirt, und wie ist es mit Rotwein ?"

Sprechender Schäferhund

Piepenbrinks Nachbar Hermann Hauschildt hat sich dringend einen Schäferhund gewünscht. Und es kam der Tag, da schenkte ihm seine Familie einen Traum-Schäferhund. Hermann Hauschildt bekam auch gleich die Fachzeitschrift mit und blätterte sie durch. Auf der letzten Seite stand eine Annonce ‚Sprachenschule für Schäferhunde in Hamburg St. Georg'.

Hermann Hauschildt freute sich, als er die Annonce las und sagte zu seiner Gattin: „Wenn der noch sprechen kann, dann bekommen wir bestimmt viele Pokale !"

Er gab seinem ergebenen Knecht ein paar Scheine mit und der Knecht fuhr mit dem Schäferhund nach St. Georg. Er kam ins richtige Milieu: Eine Kneipe nach der anderen. Um ehrlich zu sein, er war im Rotlichtbezirk gelandet. Er band den Schäferhund an einen Laternenpfahl und jagte die paar Scheine vom Boss schnell durch die Kehle. Vielleicht hatte er auch noch 'ne Stunde bordelliert, man weiß es aber nicht so genau. Er kam nach einer Stunde zu dem Laternenpfahl. Da war der Schäferhund weg. ‚Mensch', dachte er, ‚was sagst du deinem Bauern bloß, warum der Schäferhund weg ist ?'

Er kam zu Hause an, da fragte ihn der Bauer: „Wie war es denn in St. Georg ?"

Der Knecht antwortete: „Du, es war toll. Es gab da einen richtigen Hörsaal und jeder Hund hatte seine Box. Sie hatten auch gute Lehrer. Der wird sprechen lernen, hundertprozentig !"
Insgeheim dachte sich der Knecht aber: ‚Oh Gott, wie kriegst du bloß den Schäferhund wieder ?'
Zu seinem Boss sagte er: „Ich muss aber Mittwoch wieder hin !"
„Ja", antwortete der Bauer, „das nützt ja nun nichts, du bekommst von mir ein paar Mark mit und dann fährst du wieder hin."
Der Knecht fuhr nach St. Georg und kam ohne Schäferhund wieder und berichtete seinem Boss: „Ja, der wird schon sprechen lernen."
Das ging so fünf- bis sechsmal.
Dann sagte der Bauer: „Hör mal zu, irgendwann muss es mal zu einem Ergebnis kommen."
Da antwortete der Knecht: „Gestern Abend hat er den ersten gut verständlichen Satz gesprochen."
Der Bauer fragte ganz neugierig: „Und was hat er gesagt ?"
Da antwortete der Knecht: „Der Hund hat gesagt, unser Bauer hat ein festes Liebesverhältnis fünfmal die Woche mit der Magd auf dem Heuboden."
„So", sagte der Bauer, „und was hast du mit dem Hund gemacht ?"
Da antwortete der Knecht: „Ich habe ihn auf der Stelle erschossen."

Da sagte der Bauer: „Das hast du gut gemacht, Schwätzer können wir auf dem Hof nicht brauchen !“

Statistik

Also mit den Statistiken ist es so eine Sache. Vor den Wahlen – Statistiken – nach den Wahlen – Statistiken. Vor dem Urlaub – Statistiken, nach dem Urlaub – Statistiken.
Übrigens: Piepenbrink fliegt nie wieder mit der Lufthansa. Er hat nämlich eine Statistik gelesen, demnach hat die Lufthansa im letzten Jahr zwanzig Prozent ihrer Fluggäste verloren. Nee, das ist Piepenbrink zu riskant !

Statistik, die zweite

Allein die Frage: was ist eine angenehme Temperatur, ist wirklich sehr schwierig. Aber die Statistiker haben eine Antwort gefunden.
Statistisch gesehen befindet man sich in einer angenehmen Temperatur, wenn man den einen Fuß im Eisschrank und den anderen auf der Herdplatte hat.

Statistik, die dritte

Statistisch gesehen ist es auch paradox, wenn ein Handelsvertreter aus dem Norden im Süden für den Osten Westen kauft !

Wie sollte ein guter Moderator sein ?

Piepenbrink hat mal selbst eine Umfrage gemacht. Sein Thema lautete: Was erwartet man von einem guten Moderator der NDR 1 Welle Nord ?
Hier die Antwort: Von einem guten Moderator erwartet man die Wendigkeit, Schlitzohrigkeit und die Schlagfertigkeit eines Politikers. Die Treue eines deutschen Schäferhundes. Den Einsatzwillen und die Kraft eines Meisterboxers. Die Geduld eines Lastesels und bei der Besoldung die Bescheidenheit eines Benediktinermönches !

Pastors Drillinge

Bei unserem Herrn Pastor hatte es der liebe Gott besonders gut gemeint. Seine Frau hatte Drillingen das Leben geschenkt. Was für eine Aufregung

im Dorf. Nun war er nach langer Zeit mal wieder beim Stammtisch und Piepenbrink sagt zu ihm: „Herr Pastor, wissen Sie, wenn ich ehrlich bin, ich würde mir gerne mal Ihre Drillinge ansehen. Ja, und wenn es geht, nach Möglichkeit nicht gerade, wenn sie schlafen.“
„Oh“, sagt der Herr Pastor, „dann kommen Sie am besten nachts um drei, da sind sie am muntersten.“

Statistik – 11 x A

Statistisch gesehen muss man, um Karriere bei einer Behörde zu machen, die elf wichtigsten A’s beherzigen.
Und das geht so: Alle anfallenden Arbeiten auf andere abschieben, anschließend anständig anscheißen, aber alles umfassend.

Küselmanns Witz

Siegfried Küselmann ist in Piepenbrinks Dorf eigentlich der Witzekönig. Er hat das Temperament einer Schlaftablette. Wenn der richtig loslegt, hört man im Keller die Bartwickelmaschine klappern.

Beim letzten Kegelabend kam er auf Piepenbrink zugeschossen: „Du, Hannes, ich habe einen neuen Witz gehört. Nun weiß ich aber nicht, habe ich ihn dir schon mal erzählt ?“
Piepenbrink antwortete: „Ich weiß nicht, war der gut ?“
„Ja“, sagte Küselmann, „sehr gut, der ist die absolute Granate, du lachst dich tot !“
Darauf antwortete Piepenbrink: „Dann hast du ihn mir noch nicht erzählt !“

Tierische Niere

Doktor Küselmann erzählt am Stammtisch: „Freunde, habt ihr das gelesen, in Südafrika wurde einem Menschen die Niere von einem Gorilla eingepflanzt.“
Steffen fragt erstaunt: „Was ?“
Doktor Küselmann wiederholt, was er in der Zeitung gelesen hat: „In Südafrika wurde einem Menschen eine Niere von einem Gorilla eingepflanzt.“
„Was“, sagt Steffen, „von einem Gorilla ? Von dem würde ich mich auf keinen Fall operieren lassen !“

Schildkröten beim Skat

Schildkröten gehören wahrlich nicht zu den schnellsten Tieren. Hier ein Beispiel: In Hagenbecks Tierpark spielen drei Schildkröten Skat. Stundenlang. Dabei gehen ihnen so langsam die Zigaretten aus. Da sagt die Schildkrötmama zu ihrem Sohn: „Sohnemann, hol doch mal flugs eine Packung Zigaretten, mein Schatz."
Nach sechs Stunden oder auch mehr, steckt die kleine Schildkröte den Kopf durch die Tür und fragt: „Mami, mit oder ohne Filter ?"

Betrunkener Hase

Ein völlig betrunkener Hase legt sich zum Schlafen unter einen Busch. Kaum eingedöst pirschen sich zwei junge Füchse heran. Das Wasser läuft ihnen unter der Brücke zusammen. Ein lockerer Braten wird gewittert, den wollen sie sich nicht entgehen lassen. Es kommt zum Streit. Die beiden Füchse fallen sich gegenseitig an. Es gibt einen erbitterten Kampf und beide Füchse müssen ihr Leben lassen.
So ist die Natur – hart, brutal – fressen und gefressen werden.
Als Meister Lampe am nächsten Morgen aus seinem Rausch erwacht, sieht er die beiden toten

Füchse und murmelt erschrocken und mit schwerer Zunge: „Oh, Klopfer, oh, Klopfer, was hast du heute Nacht im Suff bloß wieder angestellt !"

Dummer Regenwurm

Ein Regenwurm verlässt sein Erdloch, genießt den herrlichen Tag und sieht einen anderen Regenwurm. Man kommt ins Gespräch.
„Herrliches Wetter heute, gelt", sagt der eine Regenwurm. Er erhält keine Antwort. Er versucht es noch einmal. „Wäre ja schön, wenn das Wetter so bliebe."
Wieder keine Antwort. Ganz enttäuscht zieht sich der Regenwurm in sein Löchlein zurück und murmelt: „Ja, ja, man wird älter. Jetzt habe ich Blödmann mich schon wieder mit meinem Hinterteil unterhalten !"

Sprachstörungen

Sind Sprachstörungen erblich oder eine Zivilisationskrankheit ?
Auf dem letzten Logopädenkongress in der Landeshauptstadt Kiel kam es zu sensationellen Ergebnissen. Immer mehr Jugendliche leiden unter

plötzlichen Sprachstörungen. Den behandelnden Ärzten zufolge sprachen die Kids bis zu einem gewissen Zeitpunkt klar und deutlich. Ihr letzter gut verständlicher Satz lautete: „Einmal Zungen- und dreimal Lippenpiercing !“

Steffen hat Lust

Zu gewissen Zeiten ist Piepenbrinks Freund und Nachbar Steffen nicht mehr zu halten. Unberechenbar und triebhaft. Entweder sind es bei ihm die Hormone oder er nimmt irgendwelche Tabletten. Er hat nur die Liebe im Kopf.
Steffen sitzt bei Piepenbrink im Garten und träumt vor sich hin: „Ich hätte mal wieder so richtig Lust, mit Claudia Schiffer oder Iris Berben ins Bett zu gehen !“
Da sagt Piepenbrink: „Nu hör aber mal zu, nu sag bloß, du hast mit denen schon mal geschlafen ?“
„Nee“, sagt Steffen, „das nicht, aber ich hatte schon oft Lust dazu !“

Steffen auf dem Stadtfest

Zu gewissen Zeiten ist Steffen einfach nicht mehr zu halten, unberechenbar und triebhaft. Und so passierte folgendes auf dem Stadtfest in Bad Segeberg: Piepenbrink steht mit Steffen an einem Weinstand und beide genießen ihren Schoppen. Und da Steffen sehr kontaktfreudig ist, zeigt er auf eine sehr attraktive Blondine und fragt seinen Nachbarn: „Meinen Sie, dass ich diese scharfe Biene heute ins Bett kriege ?“

„Oh“, sagt sein Nachbar, „schwer zu sagen, aber wenn es klappen sollte, sagen Sie mir bitte Bescheid.“

Darauf fragt Steffen ganz erstaunt: „Wieso das denn ?“

„Ja“, antwortet sein Nachbar, „das ist nämlich meine Frau !“

Bandwurmmittel

Mit Ärzten und Apothekern hat Piepenbrink so manchmal seine Probleme. Er musste letztens in die Apotheke und sagte ziemlich leise zum Chef: „Ich möchte gern ein Bandwurmmittel.“

Der Apotheker fragte nach: „Bitte ?“

Piepenbrink wiederholte seine Bitte: „Ich möchte gern ein Bandwurmmittel.“

Da fragte der Apotheker: „Soll es für einen Erwachsenen sein ?“
Piepenbrink antwortete: „Herr Apotheker, woher soll ich wissen, ob es sich um einen jugendlichen oder erwachsenen Bandwurm handelt ?“

Schwertschlucker-Diät

Ein Arzt sagt zu seinem Patienten: „Sie müssen ab sofort streng Diät halten, mein Guter. Da dulde ich keine Widerrede !“
„Ja“, sagt der Patient, „das geht bei meinem Beruf aber etwas schlecht.“
Da fragt der Arzt: „Was sind Sie denn von Beruf ?“
Der Patient antwortet: „Ich bin Artist, genaugenommen Schwertschlucker !“
„Gut“, sagt der Arzt, „dann ab sofort nur noch Obstmesser !“

Facharzt für Frauenleiden

Steffen ist auch manchmal ein Blödmann. Er geht zu einem Arzt und sagt: „Herr Doktor, ich habe ein Problem.“
Der Arzt fragt ihn: „Wieso das denn ?“

Steffen stammelt so ein bisschen: „Ach, ich weiß auch nicht, ich glaube, ich bin hier falsch.“
„Ja“, antwortet der Arzt, „bei mir sind Sie wirklich falsch, ich bin Facharzt für Frauenleiden.“
„Nee“, sagt Steffen, „dann bin ich doch richtig bei Ihnen, „ich leide nämlich unter meiner Frau !“

Else S. beim Psychiater

Piepenbrink bewundert die Ärzte, speziell die Psychiater. Es ist auch bewundernswert, mit welchen Problemen die fertig werden.
Piepenbrinks Nachbarin Else Strinseltal fragt ihren Psychiater: „Herr Doktor, was soll ich nur machen ? Ich bin so was von verzweifelt !“
Der Doktor fragt sie: „Was ist denn los, Else, was macht dich so unglücklich ?“
Und Else sagt schluchzend: „Mein Mann hält sich für einen Wolf !“
Der Arzt hakt nach: „Wie bitte ?“
Else wiederholt: „Mein Mann hält sich für einen Wolf. Was soll ich bloß machen ?“
„Ja“, antwortet der Doktor, „Else, du musst auf jeden Fall verhindern, dass er Großmutter besucht !“

Simulant

Die Oberschwester in unserem Kreiskrankenhaus ist völlig fertig. Sie eilt auf den Chef zu und sagt: „Herr Doktor, Herr Doktor, der Simulant von Zimmer 15 ist heute Nacht gestorben."
„Also", sagt der Doktor, „jetzt übertreibt er aber wirklich !"

„Schleswig-Holstein-Magazin" im Zoo

Die Redakteure vom „Schleswig-Holstein-Magazin" sind wie man so schön sagt „schwer auf Zack". Ob Politik, Wirtschaft, Kultur oder Sport immer am Puls der Zeit. Vor ciner Woche hatten sie die Aufgabe, Aufnahmen in einem Raubtierkäfig zu machen. Der Kameramann, der Assistent, der Aufnahmelciter, der Regisseur und der Zoo-Chef gingen in den Raubtierkäfig hinein. Dem Kameramann schlotterten die Knie.
Der Zoo-Chef ging auf ihn zu und sagte: „Keine Angst, mein Guter, die Löwen hier sind alle mit der Flasche aufgezogen."
„Ja", antwortete der Kameramann, „bin ich auch, aber heute esse ich am liebsten Steaks !"

Kugelschreiber

Ein Kugelschreiber und eine Kugelschreiberin verbringen eine heiße Nacht auf dem Schreibtisch eines Gynäkologen. Es geht richtig zur Sache. Morgens Gewissensbisse.
Der Kugelschreiber: „Hoffentlich ist nichts passiert !"
„Ach", sagt die Kugelschreiberin, „mach dir keinen Kopf, ich habe doch die Spirale drin !"

Steffen und Alkohol

Steffen muss ja immer das letzte Wort haben und ist um keine Antwort verlegen. Schlagfertig ist der Bursche !
Letztens mahnte ihn der Landdoktor: „Steffen, wenn du weiter so säufst, wirst du nicht alt !"
„Jawohl, Herr Doktor", sagte Steffen, „das sag ich ja immer, Alkohol hält jung !"

Steffen beim Arzt

Steffen musste mal wieder zu seinem Arzt und der sagte ihm folgendes: „Steffen, diese Medizin wird dir bestimmt helfen. Ich garantier dir das. Allerdings, du musst fest daran glauben."

„Oh“, sagte Steffen, „das kommt mir sehr bekannt vor, Herr Doktor, mein Onkel hat die gleiche Medizin von Ihnen gekriegt und der hat auch daran glauben müssen !“

Bürgermeister ist zu dick

Der Bürgermeister bei Piepenbrink im Dorf hat ja nun die drei Zentner Grenze überschritten. Letztens brachte er seine Hose zur Reinigung, da hat ihn die Dame gefragt: „Sollen wir die beiden Zelte auch imprägnieren ?“
Also, was blieb ihm übrig, er ging zum Doktor.
Und der musterte ihn mit gekräuselter Stirn und sagte: „Bei Ihrem Übergewicht hilft leichte Gymnastik.“
Der Bürgermeister fragte nach: „Wie, Gymnastik ? Sie meinen also ein paar Liegestütze und so ?“
„Nein, nein“, antwortete der Doktor, „es genügt ein leichtes Kopfschütteln und zwar immer dann, wenn Ihnen etwas zu essen angeboten wird !“

Schach mit dem Nebenbuhler

Aus einer Statistik geht hervor, dass 65 % der deutschen Frauen fremdgehen. Wenn es dann aber zu einem Fremdgang kommt, muss natürlich auch das Alibi stimmen. Bei einem Pärchen klingelt das Telefon. Sie schreckt hoch, hebt den Hörer ab und legt ihn nach einer Weile wieder auf. Dann klärt sie ihren Liebhaber auf: „Helmut, wir haben Zeit, mein Mann hat mir gerade mitgeteilt, dass er heute mit dir Schach spielt !"

Es ist bloß Vati

Kinder benutzen oft Redewendungen oder Floskeln und können oft gar nichts dafür. Die Mama sagt zu ihrem Sohn, nachdem der Sohn dem Vater die Tür geöffnet hat: „Christian, du sollst nicht immer sagen ‚es ist bloß Vati' auch wenn es bloß Vati ist !"

Kurzsichtige Jäger

In Bayern treffen zwei kurzsichtige Jäger, nämlich Fritz und Sepp, im Gebirge aufeinander. Über ihnen kreist ein Drachenflieger.

Da sagt der Fritz beim Hochschauen: „Du, schau einmal her, Sepp, es ist schon erstaunlich, wie groß die Raubvögel heutzutage sind, gelt ?“
„Ja“, antwortet Sepp, „das kannst du wohl sagen, ich habe gestern auf einen geschossen, der hat doch glatt einen erwachsenen Mann fallen lassen !“

Bürokratie im Zoo

Piepenbrink hätte nie gedacht, dass auch Tiere unter der Bürokratie zu leiden haben. Er beobachtet in Hagenbecks Tierpark in Hamburg folgendes: Ein Löwe fragt seinen stark abgemagerten Artgenossen: „Sag mal, mein Guter, warum bekomme ich eigentlich jeden Tag Fleisch in rauen Mengen und du nur Eicheln ?“
„Das ist die Scheiß-Bürokratie“, antwortet der Artgenosse, „Ich sitz auf der Planstelle von einem Wildschwein !“

Bayer in Heiligenhafen

Das Nord-Süd Gefälle wird immer mehr abgebaut. Das sieht man daran, dass auch viele Bayern das Bundesland Schleswig-Holstein besuchen.

Ein richtiger Bayer macht das erste Mal Urlaub an der Ostsee. In Heiligenhafen fragt er am Hafen einen Fischer: „Sagen Sie mal, wie werden denn eigentlich Fischernetze gemacht ?“
Da antwortet der Fischer: „Also, das ist ganz einfach, du nimmst ganz viele Löcher und bindest sie zusammen !“

Trecker in Radarfalle

Es ist schön mit anzuhören, wenn sich Leute mit ihren Leistungen im Straßenverkehr brüsten.
Fritz erzählt seinem Freund Paul: „Letztens bin ich mit meinem Trecker in eine Radarfalle gefahren.“
„Und ?“, fragt Paul, „hat es geblitzt ?“
Darauf Fritz: „Nee, aber doll gescheppert !“

Luftlinie nach Schnipselgrün

Ein Berliner Feriengast macht Urlaub in dem bayrischen Ort Geroldshofen. Er fragt seine Pensionswirtin: „Also, Verzeihung, Mütterchen, wie weit ist es nach Schnipselgrün ?“
Sie fragt: „Was ist ?“
Der Berliner wiederholt sein Anliegen: „Wie weit ist es nach Schnipselgrün ?“

Sie überlegt kurz und antwortet dann: „Etwa fünfzig Kilometer, würde ich schätzen."
Der Berliner fragt nach: „Luftlinie oder Landstraße ?"
Die Pensionswirtin antwortet: „Landstraße natürlich, eine Luftlinie nach Schnipselgrün haben wir nicht !"

Björn und die Meinungen

Der Vater ermahnt seine Tochter: „Wenn Björn dich verführen will, dann sag ihm kräftig die Meinung !"
Da antwortet die Tochter: „Toll, deine oder meine, Papa ?"

Prahlerei am Stammtisch

Es gibt nichts Schöneres als Prahlereien am Stammtisch. Piepenbrinks Freund Paul prahlt wieder einmal: „Stellt euch mal vor, Leute, zu Hause habe ich Liebesbriefe in sechs verschiedenen Sprachen."
Piepenbrink fragt erstaunt nach: „Was ?"
Und Paul wiederholt: „In sechs verschiedenen Sprachen habe ich Liebesbriefe."

„Ja“, sagt der alte Weggefährte von Schlaten, „na und ? Ich zahle Alimente in acht verschiedenen Währungen !“

Witwentrost

Dorfklatsch ist nicht immer ungefährlich.
Eine Witwe erzählt der Nachbarin: „Mich tröstet, dass mein Mann nicht lange hat leiden müssen.“
„Ach“, fragt die Nachbarin nach, „Sie waren nur kurz verheiratet ?“

Hausarbeit

Hans Burkardt gehört noch zu den Menschen, die glauben, dass Hausfrauen absolut gar nichts zu tun haben.
Als Hans abends vom Dienst nach Hause kommt, ist die Wohnung total unordentlich. Besorgt fragt er seine Frau, die auf dem Sofa liegt: „Sag mal, ist etwas passiert, bist du krank ?“
„Nein, Hans“, antwortet seine Frau, „ganz im Gegenteil, du willst doch wissen, was ich tagsüber gemacht habe, also habe ich heute mal nichts gemacht !“

Frau Rehbein trällert

Steffens Nachbarin, Frau Rehbein, macht sichtlich bester Laune die Wohnung sauber und singt und trällert vor sich hin.
Da kommt ihr Gemahl nach Hause und knurrt: „Das hättest du mir auch gleich sagen können, dass du singst. Ich Idiot öle seit einer halben Stunde die Gartentür !"

Tante Alma hat eine Brille

Piepenbrinks Tante Alma ist eine vornehme, gepflegte, hübsche ältere Dame. Sie kommt vom Kaffeeklatsch und Piepenbrink guckt einmal und guckt zweimal.
Er sagt: „Oh, Tante Alma, du trägst ja eine Brille."
„Ja", antwortet sie, „gebraucht hätte ich sie schon länger, aber wenn ich ehrlich bin, erst jetzt ist meine Neugier größer als meine Eitelkeit !"

Das Diktat

Chefs, Managertypen oder Workaholics sind oft nervös, hektisch und unkonzentriert.
Piepenbrink beobachtet einen dieser Workaholics bei der Arbeit, und zwar beim Diktat.

„Frau Müller, Anrede wie üblich. Einleitung, wie immer – ist ja klar. Für Ihr Schreiben vom soundsovielten danken wir. Leider können wir aus technischen Gründen, blablablabla. Wir hoffen aber pipapo. Den Schluss dann wie gehabt. So und jetzt lesen Sie das Ganze nochmal vor, Frau Müller !“

Berliner Taxifahrer

In Berlin wissen Taxifahrer alles, wenn nicht sogar alles besser !
Ein Mann steigt ins Taxi und sagt zum Fahrer: „Bitte, fahren Sie mich schnell zum Flughafen, ich muss die 14.00 Uhr-Maschine erreichen.“
Darauf der Taxifahrer: „Also, det langt nich, guter Mann. Det langt wirklich nich, det is zu knappe, wa. Denn ik wees, die Linienmaschinen sind immer sehr pünktlich.“
Da meint der Fahrgast: „Heute wird’s schon langen, mein Guter, ich bin nämlich der Pilot !“

Berliner Angler

Der Berliner Humor ist schon ein sehr spezieller. Ein Sonntagsangler am Wannsee fängt einen ganz winzigen Fisch. Er nimmt ihn von der Angel, wirft ihn wieder ins Wasser zurück und ruft dem Fisch nach: „Lass dir nie wieder ohne deine Eltern hier blicken !“

Herr Müller hat keinen Appetit

Eine gute Hausfrau lässt nichts umkommen.
Frau Müller bringt ihrem kranken Mann das Essen ans Bett.
Er sagt: „Ich habe aber keinen Appetit“, guckt auf den Teller und wiederholt, „ich habe wirklich keinen Appetit.“
Darauf antwortet seine Frau: „Na dann eben nicht, dann schlage ich noch zwei Eier drüber und gebe es dem Hund !“

Rohkost

Es gibt immer wieder neue Trends in der Küche. Mal asiatisch, mal italienisch, vegetarisch, Trennkost, Schonkost, Körner oder Nouvelle Cuisine.

Piepenbrinks Nachbar erzählt: „Meine Frau schwärmt neuerdings für Rohkost.“
„Ja“, antwortet Piepenbrink, „das kenne ich, meine Frau kocht auch nicht so gerne !“

Antiquitätenhändler

Antiquitätenhändlern muss man mit Vorsicht und Skepsis gegenübertreten.
Ein Kunde im Antiquitätenladen fragt: „Entschuldigen Sie, ist das wirklich der Schädel von Kleopatra ?“
„Ehrenwort“, antwortet der Antiquitätenhändler, „das ist der Schädel von Kleopatra.“
Der Kunde fragt weiter: „Und von wem stammt der kleinere Schädel daneben ?“
Da antwortet der Antiquitätenhändler: „Der ist auch von Kleopatra, als sie noch ein Kind war !“

Kröger will ein Klavier

Der Kröger in Piepenbrinks Dorf wollte nun auch eine Antiquität kaufen. Er fuhr mit seinem besten Freund Walter nach Lübeck, weil er wusste, dort gibt es die besten Klaviere. Er wollte

nämlich ein schönes altes Klavier haben. Sie fanden ein wunderschönes Klavier mit Intarsien. Der Deckel wurde aufgemacht. Die Tasten waren aber nicht ganz nach dem Geschmack des Krögers.
„Die schwarzen, ja die gehen“, sagte der Kröger, „die spielt man ja immer bei Begräbnissen und die weißen zu Hochzeiten.“
Die weißen Tasten waren aber nicht weiß, die gingen mehr ins gelblich-bräunliche. Da fragte der Kröger den Verkäufer: „Sagen Sie mal, diese ehemals weißen Tasten, sind die noch aus richtigem Elfenbein ?“
„Ja“, antwortete der Verkäufer, „das ist noch ein Klavier aus dem 18. Jahrhundert. Das ist noch echtes Elfenbein.“
Der Kröger fragte nach: „Aber warum sind die den so bräunlich ?“
Darauf antwortete der Verkäufer: „Der Elefant war ein sehr starker Raucher !“

Triebwerke

Wer liebt sie nicht die Ansagen im Flugzeug: „Herzlich willkommen an Bord, im Namen Ihrer Fluggesellschaft begrüße ich Sie sehr herzlich, schnallen Sie die Zigaretten an und rauchen Sie die Gurte auf. Bitte das Flugzeug erst verlassen, wenn die Triebwerke abgeschaltet sind.“

So sagte der Pilot nach der Landung: „Meine Damen und Herren, wegen der Anwesenheit unserer besonders attraktiven Stewardessen, sollten Sie, meine männlichen Fluggäste, darauf achten, sich erst dann von den Sitzen zu erheben, wenn auch Ihre Triebwerke zur Ruhe gekommen sind !“

Schlechtes Zeugnis

Väter und Söhne müssen zusammenhalten. Gerade besonders zu den Zeiten, wenn es Zeugnisse gibt.
Der Vater zu Hause tobt: „So ein schlechtes Zeugnis, so eine Sauerei. Für so was müsste es eigentlich eine Tracht Prügel geben.“
„Ach“, sagt der kleine Sohn, „Papa, du bist Klasse, wirklich super. Ich weiß genau, wo der Lehrer wohnt !“

Nummer 117

„Wo bin ich hier ?“, fragt der verunglückte Autofahrer, als er im Krankenhaus wieder zu sich kommt.
„Sie sind in Nummer 117“, antwortet die Schwester.

„Ach schön", sagt daraufhin der Verunglückte, „Zimmer oder Zelle ?"

Autodieb vor Gericht

Die Juristerei geht oft seltsame Wege.
Da fragt der Richter: „Erkennen Sie in dem Angeklagten den Mann wieder, der Ihr Auto gestohlen hat ?"
„Ja", sagt der Kläger, „nach der Rede des Herrn Verteidigers bin ich nicht einmal mehr sicher, ob ich überhaupt ein Auto besessen habe."

Anlassen

Es gibt auch heute noch junge Damen, die nicht so schnell rumzukriegen sind, wie man so schön sagt. Es gibt junge Damen, die erinnern Steffen an den schiefen Turm von Pisa. Sie sind geneigt, aber sie fallen nicht um.
Steffens Sohn Jan ist schon ein kleiner Don Juan. Er hat das erste Mal seine neue Flamme mit aufs Zimmer genommen und fragt: „Sollen wir das Licht anlassen ?"
„Und ob", sagt die kleine Susi, „das Licht, die Hose, den Pullover und am besten auch noch die Jacke !"

Steffen auf Mallorca

Mallorca ist und bleibt der Deutschen liebste Urlaubsinsel.
Piepenbrink erinnert sich, dass Steffen mit seiner ganzen Clique für 14 Tage dort hinfuhr. Als er wieder zurück war, fragt ihn Piepenbrink: „Na Steffen, wie war es ?“
Steffen antwortet: „Super, wir hatten ein kleines Hotel, einen kleinen Strand und einen Sand wie in der Eieruhr. Wir hatten eine tolle Clique mit acht Ehepaaren. Wir hatten Sangria und andere schöne Getränke. Da kam einer auf die Idee, wir wollen mal unsere Frauen in den Sand einbuddeln, so dass nur noch der Kopf herausguckt. Also, so richtig einbuddeln ! Wir haben einen Spaß gehabt, du glaubst es nicht, Hannes Piepenbrink. So was Lustiges !“
Da fragt Piepenbrink: „Wollt ihr denn irgendwann mal wieder hin ?“
„Ja“, antwortet Steffen, „irgendwann müssen wir die Frauen ja wieder ausbuddeln !“

Strandgut

Zwei Männer machen Urlaub auf Mallorca und bedauern, dass sie noch nicht nahtlos braun geworden sind. Da meint der eine: „Weißt du

was, wir buddeln uns die letzten paar Tage ein und lassen nur die blassen Stellen draußen."
Gesagt – getan. Nach einiger Zeit kommen zwei Frauen am Strand vorbei und gucken sich das an. Da sagt die eine: „Das gibt es doch gar nicht, wegen so was haben wir zu Hause in Deutschland geheiratet und hier wächst das Zeug am Strand !"

Saunafreuden

Die gemischte Sauna erfreut sich immer größerer Beliebtheit bei Jung und Alt.
Ein junger Mann verirrt sich nackt in die Damenumkleidekabine. Prompt kommt ihm ein nacktes Mädchen entgegen. Mit hochrotem Kopf stottert der junge Mann: „Oh, entschuldigen Sie bitte, ich heiße Björn."
Sie antwortet. „Angenehm, Anja."
Darauf sagt der junge Mann: „Das freut mich !"
„Ja", antwortet das junge Mädchen, „das sehe ich !"

Fangfrage

Steffen ist ja berüchtigt für seine Statistiken, Scherz- und Fangfragen.
Neulich kam er mal wieder zum Stammtisch und stellte folgende Frage: „Welcher Promi könnte sein Geld auch als Gärtner verdienen ?“
Piepenbrink antwortete: „Also, ick weet dat nich !“
Piepenbrinks Nachbar Paul, der auch mit am Stammtisch saß, sagte: „Ick weet dat ok nich.“
Der Apotheker schloss sich ebenfalls mit den Worten: „Ick weet dat ok nich“, an.
Und Steffen wiederholte seine Frage: „Wer von den Prominenten könnte sein Geld auch als Gärtner verdienen ?“
Alle schauten ihn erwartungsvoll an.
Da gab er die Antwort: „Michael Schumacher – der versteht viel vom RASEN !“

Woran man schlechte Gärtner erkennt

Piepenbrink fragt Steffen: „Woran erkennt man einen schlechten Gärtner ?“
Als Steffen keine Antwort weiß, sagt Piepenbrink: „Hör zu, mein Guter, ich will es dir sagen, woran man einen schlechten Gärtner erkennt. Beim Umgraben stößt er auf Bergleute. Die Bundeswehr trainiert bei ihm Dschungeleinsätze. Er

verschrottet seinen Rasenmäher, weil er nicht ‚mäh' macht. Seine weißen Rosen wollen zurück nach Athen.
Er gibt seinem englischen Rasen Deutschunterricht. Reinhold Messner will seine Maulwurfhügel bezwingen. In seinem Wintergarten schneit es und er ist holländischer Tomatenzüchter !"

Hühneraugenspange

In Piepenbrinks Dorf gibt es, und das wissen nicht viele, ein Genie. Es ist ein Erfinder der Extraklasse. Dabei handelt es sich um Erwin Küselmann. Man nennt ihn auch Daniel Düsentrieb für Arme. Es ist nicht zu glauben, was der schon alles erfunden hat. Die krümellose Brotsuppe, ein Gerät zur Wiedervereinigung der Spalttablette.
Letztens kam er auf Piepenbrink zugeschossen und sagte: „Piepi, ich habe etwas Sensationelles erfunden !"
Piepenbrink fragte ihn: „Was ist das denn ?"
„Ja", sagte er, „das kannst du nicht ahnen, die Hühneraugenspange !"
Piepenbrink fragte nach: „Was ?"
Küselmann antwortete: „Eine Hühneraugenspange !"
„Was ist das denn ?", will Piepenbrink wissen.

„Ja, pass auf, Piepi“, sagte Küselmann, „sie sieht aus wie eine große Sicherheitsnadel und ist aus Metall. Die musst du zwischen Fuß und Schuh so richtig raufschieben und reindrücken. Und dann tut es so weh, wie ein echtes Hühnerauge !“

Küselmanns Mausefalle

Erwin Küselmann ist schon eine Granate. Kürzlich traf er Hannes Piepenbrink und fragte ihn: „Sag mal, Hannes, bist du eigentlich mit meiner selbstgebastelten Mausefalle zufrieden ?“
Darauf antwortete Piepenbrink: „Fantastisch, einfach fantastisch !“
Da sagte Küselmann: „Siehst du, das ist wirklich ein sagenhaftes Ding. Heute Morgen lagen wieder drei Mäuse davor, die sich über das System totgelacht haben !“

Unfall mit Radfahrer

Ein Radfahrer fährt einen alten Herren um. Schnell steigt er vom Rad und hilft dem alten Mann wieder auf die Beine. Dann sagt er: „Sie haben aber Glück gehabt, Opa, dass ich heute einen freien Tag gehabt habe.“

„Wieso das denn ?“, fragt der alte Herr.
„Ja“, sagt der Radfahrer, „normalerweise fahre ich hier den Bus !“

Der erste Sozialdemokrat

Beim letzten Kegelabend war mal wieder eine von Steffens wilden Fang- und Scherzfragen fällig. Die sind aber zwischenzeitlich wirklich berühmt-berüchtigt geworden. Steffen hebt den Finger hoch und fragt: „Wer bitte sehr war der erste Sozialdemokrat ?“
Piepenbrink antwortet: „Ick weet dat nich.“
Und was war, auch die anderen wussten es nicht.
Steffen fragt nochmal: „Wer war der erste Sozialdemokrat ?“ Und er guckt dabei auf den Apotheker, den Schulmeister, den Elektromeister, den Bürgermeister und natürlich auch auf Piepenbrink. Aber keiner weiß die Antwort. Steffen darauf: „Dann sag ich euch das, Columbus war es !“
„Wieso war denn Columbus der erste Sozialdemokrat ?“, fragt Piepenbrink.
„Ja“, sagt Steffen, „hör mal zu. Er ist losgefahren und wusste nicht wohin. Er ist angekommen und wusste nicht, wo er ist. Er kam zurück und wusste nicht, woher er kam. Und das alles hat er mit dem Geld anderer Leute finanziert !“

Ohne Brille

Es immer besonders schön, wenn Piepenbrink mit der Dorf-Feuerwehr einen Ausflug unternimmt.
Diesmal hatten sie sich Düsseldorf am Rhein ausgesucht. Es war eine herrliche Stimmung. Die Kö und die Altstadt. Dazu gab es Bier satt. Es war einfach Klasse !
Irgendwann kamen sie auch an eine Brücke. Dort lehnte sich ein Tourist über das Geländer und schimpfte: „Verdammt, so ein Schiet, jetzt ist mir die Brille in die Mosel gefallen.“
Piepenbrink sagte: „Moment, guter Mann, es ist hier der Rhein.“
Darauf antwortete der Tourist: „Sehen Sie, ohne Brille bin ich völlig aufgeschmissen !“

Kantinengespräch

Es treffen sich drei Männer in der Kantine einer Bank.
Da sagt der erste: „Freunde, ich weiß es nicht hundertprozentig, aber ich glaube, meine Frau hat mit einem Klempner geschlafen.“
Die anderen beiden sind empört: „Das darf ja wohl nicht wahr sein, wie kommst du denn darauf ?“

Er antwortet: „Das will ich euch sagen, unter dem Nachttisch lag Klempnerwerkzeug. Eine Rohrzange und eine Lötlampe.“
Da sagt der Zweite: „Dann glaube ich, hat meine Frau heute mit einem Maler geschlafen.“
Jetzt fragen ihn die anderen beiden: „Wie kommst du denn darauf ?“
„Ja“, sagt er, „unter meinem Nachttisch lag ein Pinsel und ein Quast.“
Da sagt der Dritte: „Ich glaube, meine Frau hat mit einem Pferd geschlafen.“
Da fragen ihn die anderen: „Wie kommst du denn jetzt darauf ?“
„Ja“, antwortet er, „unter meinem Nachttisch lag ein Jockey !“

Navigationsprobleme

In der christlichen Seefahrt ist eine sorgfältige, gründliche Ausbildung das A und O. Schwerpunkt ist die Navigation. Wer die nicht beherrscht, kann sein blaues Wunder erleben.
Der Kapitän steht mit seinem zweiten Offizier auf der Kommandobrücke. Er sagt zu ihm: „Junger Mann, nehmen Sie gefälligst Ihre Mütze vom Kopf.“
Der junge Mann fragt: „Wieso das denn, Herr Kapitän ?“

Darauf antwortet der Kapitän: „Wenn Ihre Berechnungen stimmen, sind wir nämlich gerade in der Mitte des Kölner Doms !“

Schottischer Schwiegersohn

Die Schotten sollen ja sprichwörtlich sparsam, eigentlich sogar geizig sein.
Die Frau des Schotten Mac Nepp erzählt ihrem Mann: „Stell dir vor, Mac, unsere Tochter sitzt auf dem Schoß von ihrem Freund. Sie haben die Wohnzimmerlichter ausgemacht.“
Da sagt Mac: „Das ist der ideale Schwiegersohn. Er benutzt nur einen Stuhl und spart Strom !“

Siehste, siehste !

Es kam ein junges Ehepaar
zu einem Freund, der Landwirt war.
Vom Frühstück weg, führt der sie aus,
zeigt ihnen Hof- und Hühnerhaus.
Besonders staunt die junge Frau
den Eber an und auch die Sau,
was beide öffentlich besorgen
und das bereits am frühen Morgen.
Die junge Frau stand still dabei,
es war ihr nicht so einerlei.

Da trifft ihr Blick die Hühnerschar,
und wundert sich noch mehr sogar.
Der einz´ge Hahn springt unermüdlich
von Huhn zu Huhn, wie ist das niedlich.
Sie ist nun interessiert daran,
fragt listig drauf den Bauersmann:
„Wie oft am Tag macht das der Hahn ?“
Der Bauer sinnt und sagt sodann:
„Och, zwanzigmal am Tag und mehr !“
Die junge Frau erstaunt gar sehr.
Worauf die Ehefrau ihr Männchen küsste,
und lächelnd sagte: „Siehste, siehste !“
Doch dieser fragte seinen Freund:
„Sag, Lieber, wie ist das gemeint ?
Läuft denn der Hahn den ganzen Tag
derselben Henne immer nach ?“
„Ach, nein“, versetzt der Bauer nun,
„der Hahn liebt stets ein anderes Huhn !“
Worauf der Mann sein Frauchen küsste
und lächelnd sagte: „Siehste, siehste !“

Lottogewinn

Manchmal kann das Schicksal grausam sein. Freudestrahlend kommt Herr von Schlaten nach Hause und ruft: „Helga, pack deine Koffer, wir haben in der Lotterie drei Millionen gewonnen !“
„Oh“, sagt sie, „fein, wo fahren wir denn hin ?“
Er antwortet: „Nirgendwo hin, du ziehst aus !“

Ganz ruhig, Bernd!

Die jungen Väter haben es heute nicht immer leicht. Es gibt ja viele Väter, die den Kinderwagen schieben. So etwas war ja früher undenkbar. Es galt sogar als unmännlich.
Ein junger Vater schiebt die Kinderkarre vor sich her. Das Baby darin brüllt ohne Ende. Der Vater sagt immer: „Ganz ruhig, Bernd. Ganz ruhig!"
Und das Baby schreit und schreit.
Der Papa sagt immer wieder: „Ganz ruhig, Bernd, ganz ruhig!"
Da kommt eine ältere Passantin und fragt: „Sagen Sie, was hat denn der kleine Bernd?"
Da antwortet der Vater: „Der Kleine heißt Björn, Bernd bin ich!"

Sextrieb

Die alten Ostpreußen waren ja ein kerniger Menschenschlag.
Der alte Franz Steputat konsultiert seinen Hausarzt, den Doktor Kemsis.
Der Doktor sagt: „Herr Steputat, für einen Mann in Ihrem Alter sind Sie erstaunlich fit. Ich kann Sie nur beglückwünschen."
„Ja", antwortet Steputat, „das weiß ich, das weiß ich, Herr Doktor. Ich habe nur ein Leiden, unter uns gesagt, mein Sextrieb ist einfach zu hoch."

Der Arzt schaut ihn an und fragt nach: „Ihr was ist zu hoch ?“
Steputat antwortet: „Meinen Sextrieb, den hätte ich gern etwas gesenkt.“
„Gesenkt ?“, fragt der Arzt, „wie meinen Sie das ?“
„Nun“, sagt Steputat, „in letzter Zeit ist er nur noch in meinem Kopf, wenn es medizinisch machbar ist, hätte ich ihn gern etwas tiefer !“

Verkehrsschild

Die Lehrer unterschätzen oft die Beobachtungsgabe ihrer kleinen Zöglinge.
Die Lehrerin erklärt den Erstklässlern die Verkehrszeichen. „Also, Kinder hört mal zu, was bedeutet das Schild in der Nähe der Schule, auf dem ein laufendes Kind mit Schulmappe zu sehen ist ?“
Uwe meldet sich. „Es ist ein Kind auf dem Heimweg.“
Die Lehrerin fragt nach: „Wie bitte ?“
Und Uwe wiederholt: „Es ist ein Kind auf dem Heimweg.“
Die Lehrerin sagt: „Hör doch mal zu, Uwe, es könnte doch auch ein Kind auf dem Weg zur Schule sein.“
„Nein, Frau Lehrerin“, sagt Uwe ganz energisch, „das Kind rennt ja !“

Steputats Bruder

Paul, Steputats Bruder, ist zweiundneunzig und muss zum Arzt. Er sagt: „Herr Doktor, mit mir ist etwas nicht in Ordnung."
Darauf meint der Arzt: „Lieber Paul, was ist denn nicht in Ordnung ?"
Darauf antwortet Paul Steputat: „Herr Doktor, ich laufe ständig hinter den jungen Mädchen her."
„Ach, Gott", sagt der Arzt, „das ist doch ganz natürlich."
„Ja", sagt Paul, „aber ich kann mich nicht mehr erinnern, weswegen !"

Geschäftsessen

Der Ton macht ja bekanntlich die Musik.
Es geschah bei einem großen Abendessen in der Villa eines Bankiers. Eine der Damen sagt zu ihrem Tischnachbarn: „Verzeihen Sie, sind Sie ein Geschäftsfreund meines Mannes ?"
„Nein", antwortet der Angesprochene, „gnädige Frau, leider nein."
Darauf die Dame: „Dann nehmen Sie gefälligst die Hand von meinem Oberschenkel, Sie Bock !"

Nach der Taufe

Die Feier nach der Taufe ist in vollem Gang. Da drängt sich eine junge Frau an den Vater des Täuflings. „Darf ich auch mal ein bisschen schmusen ?“, fragt sie.
„Ja, natürlich“, antwortet der Vater des Täuflings, „lassen Sie mich bloß ganz kurz das Baby in die Wiege legen !“

(Kein) Modellwechsel

Ein Arzt holt seinen Wagen aus der Kfz-Werkstatt und flucht über die hohe Rechnung, die auf ihn zukommen wird.
„Stolzer Preis, Meister“, sagt er, „für die paar Handgriffe. Der Stundenlohn ist ja höher als meiner !“
Da sagt der Kfz-Meister: „Ja, ja, Sie haben ja auch seit Adam und Eva dasselbe Modell und wir müssen uns dauernd umstellen !“

Cocktailempfang

Es ist immer wieder spannend, auf Partys und Cocktail-Empfängen die Lauscher auf Empfang zu stellen.

Piepenbrink hat gerade zwei Herren, die Herren Seibold und Hansen, bei einem Cocktailempfang beobachtet.
Fragt Herr Seibold: „Mögen Sie dumme Frauen ?"
Herr Hansen antwortet empört: „Aber nein."
Herr Seibold fragt weiter: „Mögen Sie denn Frauen, die trinken ?"
Da antwortet Herr Hansen: „Um Himmelswillen, nein !"
Herr Seibold gibt keine Ruhe und fragt: „Mögen Sie denn Frauen, die weder kochen noch stricken können ?"
Herr Hansen antwortet: „Nein, selbstverständlich auch nicht !"
Darauf sagt Herr Seibold: „Dann verstehe ich aber nicht, warum Sie ausgerechnet hinter meiner Frau her sind ?"

Internet

Mütter sollten sich beizeiten mit den technischen Gepflogenheiten ihrer Söhne beschäftigen.
So auch diese Mutter, die da sagt: „Oliver, ich glaube, ich spinne. Du willst jetzt nochmal ins Internet ? Na gut, aber spätestens um zehn bist du wieder zu Hause !"

Etwas gefangen ?

Es bleibt nicht ungestraft, wenn man den Geburtstag seiner Gattin vergisst, wie bei Egon Nierenheimer.
„Stell dir vor, Piepenbrink“, sagt er, „ich habe am Samstag den Geburtstag meiner Frau vergessen und bin zum Angeln gegangen.“
Piepenbrink fragt: „Hast du denn wenigstens etwas gefangen ?“
„Ja“, antwortet Egon Nierenheimer, „gleich eine, als ich nach Hause kam !“

Glückwunschfax

Das Faxgerät ersetzt immer mehr das Glückwunschtelegramm.
„Herzlichen Glückwunsch !“, faxt der frischgebackene Vater an seine Eltern, „ihr seid soeben Babysitter geworden !“

Zug nach Wolfsburg

Es macht Spaß, Mitmenschen im Flugzeug, im Bus oder in der Bahn zu beobachten.
Piepenbrink erlebte folgendes bei seiner letzten Zugfahrt: Im Großraumwagen sitzen sich zwei

Herren gegenüber. Von Zeit zu Zeit heult der eine auf wie ein Wolf. Der Herr, der ihm gegenübersitzt, guckt ihn jedes Mal etwas seltsam an. Und es beginnt das Spiel wieder von vorn, der eine heult auf wie ein Wolf, der andere guckt eigenartig.
Nachdem der eine schon wieder wie ein Wolf geheult hat, sagt sein Gegenüber: „Ich will mich ja nicht einmischen, aber warum jaulen Sie denn ständig ?"
Da antwortet der Herr: „Wissen Sie, ich bin so schrecklich vergesslich, und durch mein Wolfsgeheul, behalte ich, dass ich in Wolfsburg aussteigen muss."
Da sagt der andere Herr: „Da habe ich aber Glück gehabt, dass Sie nicht nach Pforzheim fahren !"

Verkehrskontrolle

In gewissen Situationen ist es ratsam sich zurückzunehmen, gerade im Umgang mit der Obrigkeit.
Verkehrskontrolle ! Der Fahrer hat keine Papiere dabei. Der Polizist fragt ihn: „Wie heißen Sie ?"
Der Fahrer antwortet: „Boris Becker."
Darauf sagt der Polizist: „Na, das war ja wohl nichts, den kenne ich ja schließlich. Aber nennen Sie mir bitte jetzt Ihren Namen."

Der Fahrer antwortet: „Johann Wolfgang von Goethe.“
Darauf antwortet der Polizist: „Bitte, geht doch !“

Neuer Wagen

Steffen hat ein neues Auto.
Piepenbrink sagt zu ihm: „Mensch, Steffen, du hast dir ja ein tolles Auto gekauft. Was ist das denn für eins ?“
Darauf antwortet Steffen: „Das ist ein Hundertzwanziger !“
Piepenbrink will es genau wissen: „Hundertzwanzig PS ?“
„Nein“, antwortet Steffen, „Raten !“

Vor Gericht

Im Gerichtssaal spielt sich folgende Szene ab: Der Richter sagt zu dem Angeklagten: „Angeklagter haben Sie den Einbruch so begangen, wie ich ihn gerade geschildert habe ?“
„Nein, Euer Ehren“, antwortet der Angeklagte, „aber ehrlich gesagt, Ihre Methode ist auch nicht schlecht !“

Museumsbesuch

Bei Museumsbesuchen kann man gar manche Überraschung erleben. Der Museumswärter sagt zu einem Besucher: „Hier können Sie sich nicht hinsetzen, das ist der Stuhl von Ludwig dem Vierzehnten."
Da antwortet der Besucher: „Macht nichts, wenn der kommt, stehe ich sofort wieder auf!"

Kindermädchen

Wohl dem, der sich ein Kindermädchen leisten kann!
Familie Neureich sucht ein Kindermädchen. Die Dame des Hauses fragt die Bewerberin: „Und warum wurde Ihnen die letzte Stelle gekündigt?"
Darauf antwortet die Bewerberin: „Ach Gott, wenn ich ehrlich bin, ich habe an einem Abend vergessen, die Kleinen zu baden."
Da ertönt eine muntere Kinderstimme aus dem Kinderzimmer: „Die nehmen wir!"

Schwimmunterricht

Eine Bekannte von Piepenbrink, Frau Elise Rad, ist vierundneunzig geworden. Sie nimmt jetzt Schwimmunterricht.
Als Piepenbrink sie neulich trifft, fragt er sie: „Mensch, Elise, was soll das denn, in deinem Alter noch Schwimmunterricht ?"
„Ja", sagt sie, „weißt du was, mein Schwiegersohn hat mich letztens zu einer Bootsfahrt eingeladen und der hat mich dabei so merkwürdig angeguckt !"

Hund im Haus

Beim Bürgermeister hatten sie eingebrochen. Und was war die Folge: ein Wachhund musste ins Haus.
Steffen trifft seinen Bürgermeister und fragt ihn: „Na, ist euer Schäferhund denn ein guter Wachhund ?"
„Ja, Steffen", sagt er, „das kannst du wohl laut sagen, wir versuchen seit vier Tagen, wieder ins Haus zu kommen !"

Saubere Zelle

Man muss sich schon sehr genau ausdrücken, wenn man Befehle gibt.
Der Justizbeamte sagt zum Häftling: „Bis morgen früh, zehn Uhr, muss die Zelle blitzblank sein. Um die Zeit kommt der Herr Direktor."
„Oh", antwortet darauf der Häftling, „haben Sie den auch erwischt ?"

Kein Klapperstorch

Die Zeiten sind vorbei, wo man den Kindern sagen konnte, der Weihnachtsmann oder der Osterhase kommt.
Piepenbrink hat es bei seinem Nachbarn erlebt. Da hat der Sohn gesagt: „Papa, es gibt keinen Weihnachtsmann. Das war Onkel Herbert, der verkleidet sich. Ich weiß es, es gibt einfach keinen Weihnachtsmann."
Und der Kleine macht gleich noch weiter: „Osterhasen gibt es auch nicht, das ist Onkel Hans. Der verkleidet sich als Osterhase und versteckt die Eier. Und die kleinen Kinder bringt auch nicht der Storch, die werden nämlich geboren. Und den Bohrer, den finde ich auch noch !"

Kind in der Kirche

Die Kinder wachsen heutzutage schon in einer sehr technisierten Welt auf. Computer, Techno-Musik und vieles mehr. Die sechsjährige Silvia ist mit Radio und Fernsehen auch aufgewachsen und wird heute zum ersten Mal in die Kirche geführt.

Als sie wieder nach Hause kommt, fragt die Mutti: „Na, wie hat es dir denn beim Gottesdienst gefallen ?“

Da antwortet Silvia: „Die Musik war ja ganz schön, aber die Reklame-Texte waren einfach zu lang !“

Inhalt

Günter Willumeit
30 Jahre
Bauer Piepenbrink
Das Jubiläums-Buch
Band 1

128 Seiten, gebunden,
ISBN 3-929596-71-7

Günter Willumeit
30 Jahre
Bauer Piepenbrink
Das Jubiläums-Buch
Band 2

28 Seiten, gebunden,
SBN 3-929596-78-4

Verlag Michael Jung
Postfach 2604, 24025 Kiel